पद्मश्री प्राण

मॉरिस हार्न, वर्ल्ड एन्सायक्लोपीडिया ऑफ कॉमिक्स के एडिटर ने कार्टूनिस्ट प्राण को 'वाल्ट डिज्नी ऑफ इंडिया' कहा है।

उनकी कॉमिक्स पीढ़ी दर पीढ़ी बढ़ते हुए नौजवानों की हमेशा साथी रही हैं। उन्होंने अपने कैरेक्टर्स 'चाचा चौधरी, साबू, श्रीमतीजी, पिंकी, बिल्लू, रमन' इत्यादि के मनोरंजन का भरपूर लुत्फ उठाया है। उनके 600 से ज्यादा टाइटल्स मार्केट में बिक रहे हैं और दर्जनों स्ट्रिप्स न्यूज पेपर्स में छप रहे हैं। चाचा चौधरी पर आधारित एक टी. वी. सीरियल के लगातार 600 एपिसोड तक एक प्रमुख चैनल पर दिखाए गए।

विश्व के कई देशों का भ्रमण कर चुके, प्राण को 'लिमका बुक ऑफ रिकॉर्ड्स' ने 'पीपुल ऑफ द ईयर अवार्ड' से सम्मानित किया है। 1983 में उनकी कॉमिक बुक– 'रमन, हम एक हैं' का विमोचन तत्कालीन प्रधानमंत्री श्रीमती इंदिरा गांधी ने किया।

प्रकाशक

आऊ ऊ ऊ!
धड़ाक क !

किल!
किल!!

आ ग्रा ह ह!

ऊ ऊ ऊ ह ह!
टक्कर !

...सात...आठ...नौ... दस...चैम्पियन का खिताब भालू को।

भालू!
भालू!!
चैम्प!

है कोई, जो मुझसे टक्कर ले सके।

जो पत्ता हवा में उड़ता है। वह नीचे भी जल्दी गिरता है।
कौन बोला?

इसने बोला था।
मैं इसकी ख़बर लेता हूं।

पिगमी! अब तुम्हें मेरे साथ लड़ना होगा।
?

तुम्हारे साथ मेरा पट्ठा साबू लड़ेगा।

अगर पिगमी की जगह यह मेरे हाथ से मरना चाहता है, तो मुझे कोई एतराज़ नहीं।

4

धड़ाम !
आह!

टक्कर !
ओह ह ह!
पहला राउंड भालू के पक्ष मे।

हम चाहे विरोधी हों। तुम कमाल का लड़े। झुको, मैं तुम्हें आशीर्वाद देना चाहता हूं।

देखो, विग के नीचे कीलें। जो टक्कर मारने पर विरोधी को लहूलुहान करती है।

जब साबू को गुस्सा आता है तो कहीं ज्वालामुखी फटता है।

हू–हूबा!
साबू!
साबू!!

जाओ!
आ–आ–आ––

जीत उसकी हुई।

कैसे पता चला कि भालू धोखा कर रहा है ?
सिर की टक्कर से एक जख्म होता है। लेकिन साबू को कई जख्म हुए तो मुझे शक हुआ!
चाचा चौधरी का दिमाग कम्प्यूटर से तेज चलता है।

पानी की प्रॉब्लम

साबू जो मैं देख रहा हूं, क्या वह तुम भी देख रहे हो ?
हां, चाचाजी ! वह स्पेसक्राफ्ट है ।

वह यहां उतर गया है ।
© PRAN'S FEATURES

वह हमारे देश के कज़ाम हैं ।
कज़ाम ?

कज़ाम का मतलब होता है-गर्वनर।
तब वह कोई इम्पोर्टेंट काम के लिए आए होंगे ?

होला!
होला!

मुझे भाषा का स्विच ऑन करना चाहिए ताकि पृथ्वी के लोगों से बात कर सकूं।

क्या आप नाश्ता करेंगे ?
इस गोली में सबकुछ है- नाश्ता, लंच और डिनर।

आप लोग कहां गायब हो गए थे ?
बीनी ! ज्यूपिटर से मेहमान आए हैं।
www.chachachaudhary.com

मैं आपके लिए खाना लगाती हूं।
वह मैंने खा लिया है।
मैं प्यासा हूं, मुझे पानी चाहिए।
वह मैं देती हूं।

और पानी लाओ।

और..और।

लगता है आप जन्म से प्यासे थे?

मैं इसी वजह से पृथ्वी पर आया हूं। ज्यूपिटर पर मेरे राज्य में पानी की सख्त कमी आ गई है। वहां पर जानवर और लोग प्यासे मर रहे हैं।

खोजबीन से पता चला कि चाचा चौधरी हमें इस मुश्किल से बचा सकता है।

मैं आपसे प्रार्थना करता हूं, आप मेरे राज्य के लोगों को बचा लो।

चलिए। वहां चलकर प्रॉब्लम का हल खोजते हैं।

कज़ाम का स्पेसक्राफ्ट अंतरिक्ष में जाता है।

जितनी जल्दी हम वहां पहुंचेंगे, उतना अच्छा होगा।

ज्यूपिटर पर पानी की कमी की वजह से आधे नागरिक और पशु मर चुके हैं। बाकी मौत के इंतजार में है।

पानी! मेरा बच्चा कई दिनों से प्यासा है।

राज्य में घूमकर देखते हैं कि पानी हमें कुदरती रूप में कहां मिल सकता है।

स्टॉप!

इस करेटर में पानी तो है, लेकिन बर्फ की शक्ल में।

जब साबू को गुस्सा आता है तो कहीं ज्वालामुखी फटता है ।

पहाड़ से लावा निकल रहा है।

पानी! कमाल हो गया।

प्यासे लोग घरों से बाहर निकल पड़ते हैं।
पानी!
पानी!!

चाचा चौधरी, धन्यवाद! आपने अचम्भा कर दिखाया।
धन्यवाद! साबू का करो। जिसने तुम्हारा चांटा खाया।

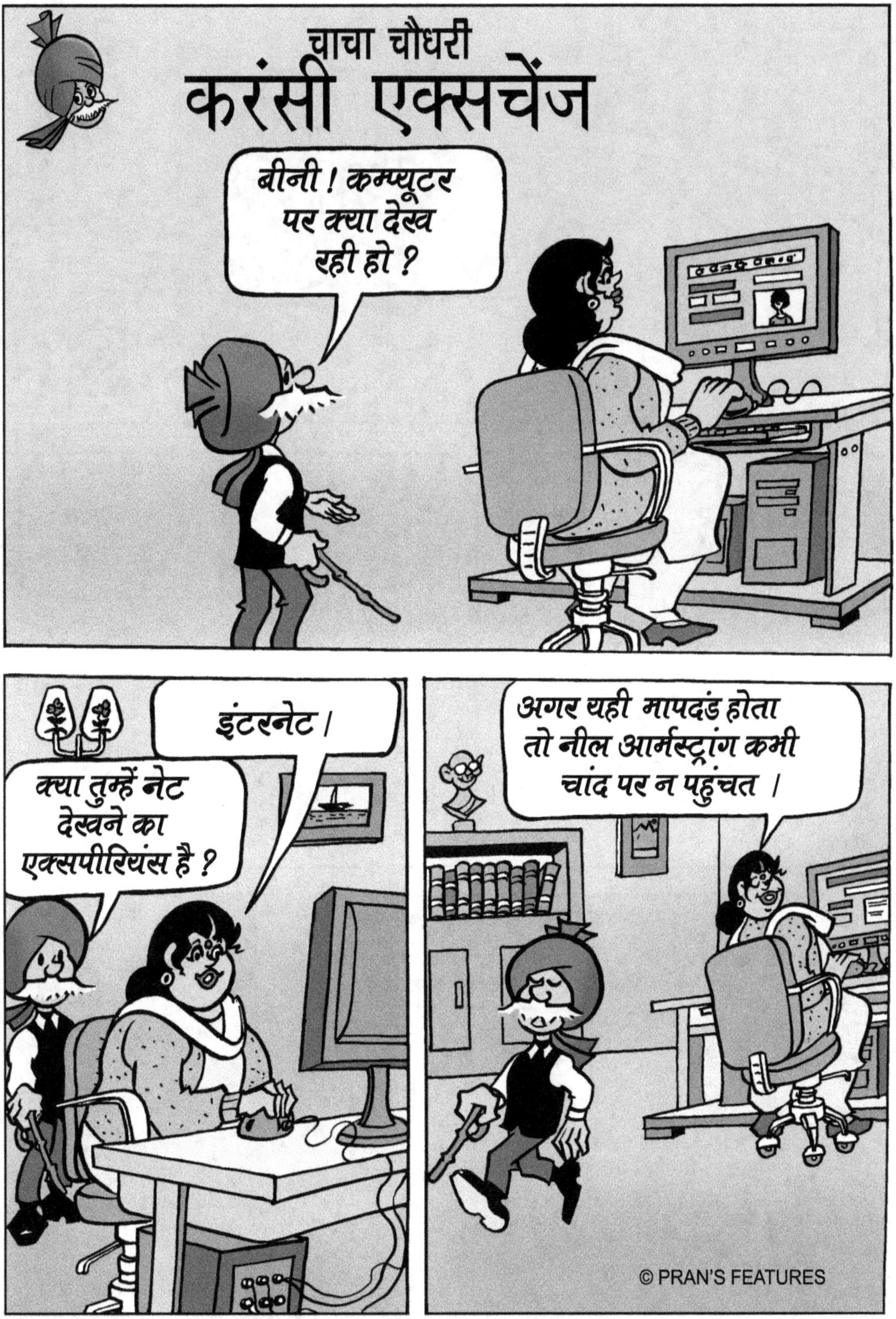

चाचा चौधरी
करंसी एक्सचेंज

मैं जाकर देखूं।

यह खाली है।
MAIL

बीनी! क्या हुआ ?

कम्प्यूटर पर सूचना लिखी हुई थी कि बॉक्स में मेल है। मैंने आकर देखा तो खाली है।
MAIL
www.chachachaudhary.com

मैं जरा टहलकर आऊं।

डबलू! बड़े खुश नजर आ रहे हो?

वहां एक सज्जन एक हजार के नोट के बदले पंद्रह सौ रूपए दे रहे हैं। देखो, उसने मुझे पांच-पांच सौ के तीन नोट दिए।

मुझे जूते में कंकड़ चुभता दिख रहा है।

चलो, उस सज्जन से मैं भी मिलना चाहता हूं।
OIL

DRY CLEANERS
CURRENCY EXCHANGE
वह देखो।

मुझे कुछ करंसी चाहिए।
कितनी ?

मैं वह इस सोने की अंगूठी के बदले चाहूंगा।

इसके तुम्हें पचास हजार मिल सकते हैं।

मंजूर है।

यह रहे पचास हजार।

तुम्हारी अंगूठी तो नकली है।
और यह नोट भी।

अब तुम जिन्दा नहीं जा सकते।

पकड़ो, उस बदमाश को।
CURRENCY EXCHANGE

चलो।

ब्रेकिंग न्यूज़ -एक गिरोह,जो पड़ोसी देशों से लाखों नकली नोट स्मगल करता था, पकड़ा गया है। उनका षड्यंत्र इंडियन इकोनॉमी को चोट पहुंचाना था।

होस्टेज

मिस रूबी! इस साल हमारी कम्पनी नें कितना प्रॉफिट कमाया है ?

सर, बीस हजार करोड़ और पैंसठ लाख रूपए।

इसका मतलब है पब्लिक ने हमारा प्रॉडक्ट पसंद किया है।
यस सर।

किसका फोन आया ?

जूबी सर ! आपने करोड़ों कमाए हैं, क्या बाकाल को चुंगी नहीं दोगे ?

दस हजार करोड़ भेज दो । वर्ना तुम्हारे इंजिन की भाप निकाल देंगे ।

शटअप ! तुम्हारे जैसे पॉकेटमार एक बड़ी कम्पनी को नहीं डरा सकते ।

मिस रूबी ! ऑफिस की सिक्योरिटी बढ़ा दो ।

आओ ! उस सेठ को चिपकाना पड़ेगा ।

जूबी अभी अपने ऑफिस में होगा ।

वहां सिक्योरिटी गार्ड्स होंगे?
उनको पहले उड़ाओ ।

राट टाट ट ट !
ओह
CHAIRMAN

क्यों जूबी सेठ ! कहां है, तुम्हारे सिक्योरिटी वाले ?
?!
?!

अब तुम अपनी बीवी को फोन करोगे कि वह बारह हजार करोड़ रुपए लेकर आ जाए ।
मगर तुमने तो दस हजार करोड़ मांगे थे ?
दो हजार करोड़ हमारे यहां आने की फीस ।

साबू ! ज्यादा एक्सरसाइज़ करोगे तो ज्यादा भूख लगेगी और ज्यादा खाना चट करोगे ।

खाना कौन बनाता है ?
बीनी, तुम।
फिर साबू के खाने पर तुम्हें क्यों तकलीफ है ?

चाचा चौधरी गैंगस्टर बाकाल ने मेरे हस्बैंड को होस्टेज बना लिया है।

गैंगस्टर बारह हजार करोड़ मांगता है नहीं तो वह बंदी को मार देगा।
तुम्हारे हस्बैंड का वह नाखून भी नहीं उतार सकता।

PHARMACY
SWE
तुम मुझे बाकाल तक गाइड करो।

बाकाल ! आकर अपने बैले ले लो ।
वह यहां लेकर आओ ।
मैं खुद जाकर चेक करूंगा ।
ZUBI
बेवकूफ ! यह बारह रुपए नहीं हैं, जो जेब में डालकर ऊपर ले आएं । यह बारह हजार करोड़ की राशि है, जो ट्रक भरकर है ।
बाकाल ! कहीं हमारे साथ धोखा न हो रहा हो ?
मत भूलो गारो , होस्टेज हमारे कब्जे में हैं ।

रकम ?
ट्रक खोलकर ले लो।

आओ ! दौलत इकट्ठी करें।

धड़ाक का!
आऊ ऊ!

इंस्पेक्टर मोज़ा ! आप ठीक टाइम पर आ गए। मेहमानों को सम्भालो।

इंस्पेक्टर ! ऊपर चलिए, अभी आपका काम ख़त्म नहीं हुआ।

उस लड़की को अरेस्ट करो।
??

हमें आज़ाद कराने के लिए थैंक्स ! मगर मिस रूबी को अरेस्ट क्यों ? वह हमारी कम्पनी की एम्पलाई है।

बाकाल को कैसे पता चला कि आपको बीस हजार करोड़ रुपए का प्रॉफिट हुआ है ?

देखिए ! रूबी ने बाकाल को ई-मेल द्वारा उस बारे में मैसेज भेजा था ! रूबी को रकम का एक हिस्सा मिलने वाला था।
चाचा चौधरी का दिमाग कम्प्यूटर से तेज चलता है।

दीवाली के धमाके

चाचाजी ! क्या दीवाली पर खरीददारी में डिस्काउंट मिलता है ?
हां ! तुमने कैसे जाना ?

चाची की शॉपिंग देखकर।
ओह

बीनी ! इतने सारे पैकेट्स ?
यह सब मैं अपनी फ्रेंड्स को दीवाली पर गिफ्ट करूंगी।

मैं अपने दोस्तों को क्या दूं ?

तुम दोस्तों को फ्री एस. एम. एस. शुभकामनाएं भेजना ।

हा ! हा !!

चाचाजी ! क्या आतिशबाजी लेने चलें ?

बीनी ! मैं और साबू पटाखे लेने जा रहे हैं ।
कोई बड़ा बम लाना ।

बीनी ! तुमसे बड़ा बम कोई दूसरा नहीं मिलेगा ।

साबू ! आओ चलें ।

एक जगह...
दोस्तों ! यह है विश्व का सबसे बड़ा पटाखा । इसका रिकॉर्ड गिनीज़ बुक में भी दर्ज है ।
धमाका सिंह ! यह अद्वितीय पटाखा तुम खरीद लो ।

जो सबसे ज्यादा बोली लगाएगा । वह यह मशहूर पटाखा ले जाएगा ।
दो हजार ।
पांच हजार ।
आठ हजार ।

बोली बढ़ाओ। कहीं वह हाथ से निकल ना जाए ?

बीस हजार!

वाह ह! हीरे को असली जौहरी मिल गया। पटाख़ा आपका हुआ।

अनोखे पटाख़े को आगे पचास हजार में बेच देना।

CRACKERS
हमारी मंजिल आ गई।

साबू के लिए बढ़िया पटाख़े दो।
अभी लीजिए।

साबू ! तुम पटाख़े लेकर घर चले जाओ। मैं ड्राईफ्रूट्स् लेने जाता हूं।

मेरे आने से पहले ही सारे ना जला देना।

जनाब ! बढ़िया क्वालिटी के ड्राईफ्रूट्स् पैक चाहिए।
STORES

यह अखरोट और बादाम दोस्तों में बाटूंगा।

तोहफे लेने-देने से आदमी सोशल बनता है।

बैट्री ! चाचा का माल हथियाना है ।
स्क्रू ! काम हो जाएगा ।

मैं उलझाता हूं। तुम डिब्बे खिस्का लेना ।
वाह

चाचाजी ! दीवाली का एक राकेट तो जलाते जाइए ।

क्यों नहीं ?

मौका ।
www.chachachaudhary.com

भर्रट !

कड्डर ब म म !
हाय, मरा!

हैप्पी दीवाली!

बीनी! मैं अपने फ्रेंड्स के लिए गिफ़्ट ले आया।

वाह! पटाख़े दमदार हैं।

धमाका सिंह?

चौधरी ! मैं तुम्हें दुनिया का सबसे बड़ा पटाख़ा बेचने आया हूं। गिनीज़ बुक में इसका रिकॉर्ड दर्ज है।

रुको, मैं अभी अंदर से आया।

इस किताब में पटाख़े का ज़िक्र नहीं है।
GUINNESS
BOOK

यह पटाख़ा खोखला है।

मैं ठगा गया।

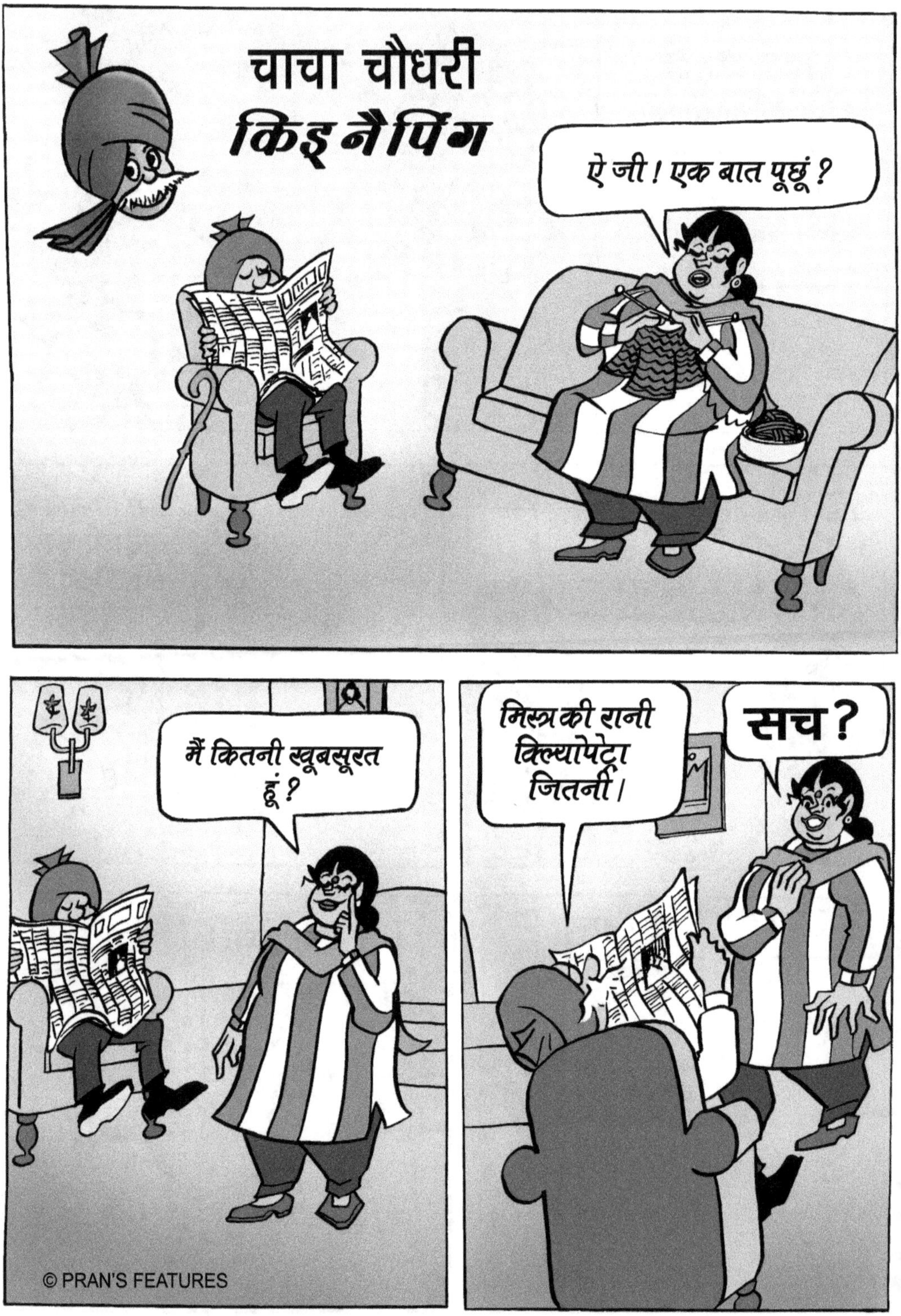

चाचा चौधरी
किडनैपिंग

क्या मैं हकीकत में एक महारानी जैसी लगती हूं ?
बीनी ! तुम्हें मुझपर यकीन नहीं ?

क्या मैं क्लियोपैट्रा से मिल सकती हूं ?

नहीं ! क्योंकि वह अब इस दुनिया में नहीं है ।

तो तुमने मेरी तुलना एक मरी हुई औरत से की ?
www.chachachaudhary.com

37

वह स्कूल से निकल रही है ।
उसे ले उड़ो ।
SCHOOL

छोड़ो, मेरा हाथ ।
बचाओ !

ऐ रुको !

धड़ाक क !
ओह!

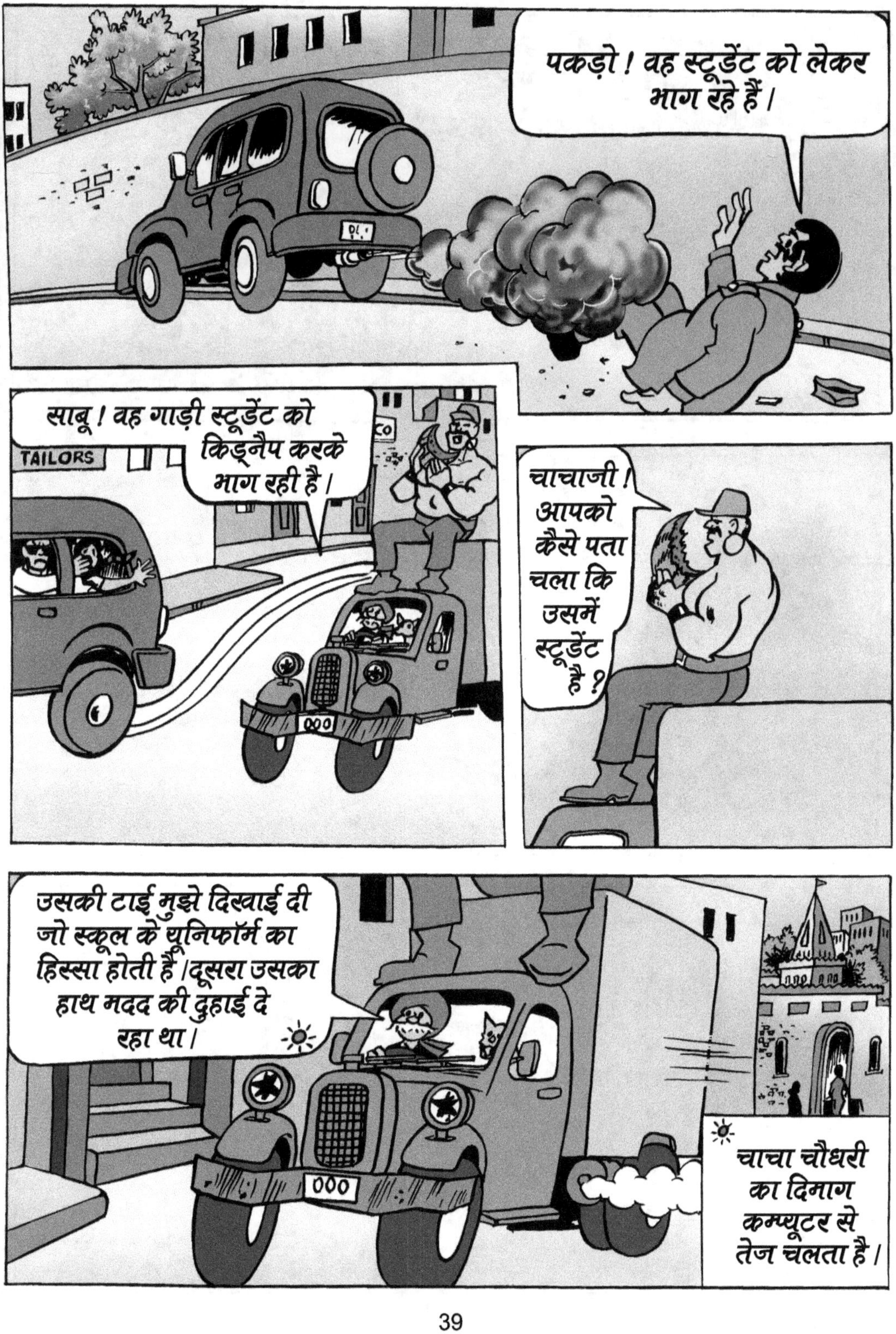

पकड़ो ! वह स्टूडेंट को लेकर भाग रहे हैं।
साबू ! वह गाड़ी स्टूडेंट को किड्नैप करके भाग रही है।
TAILORS
चाचाजी ! आपको कैसे पता चला कि उसमें स्टूडेंट है ?
उसकी टाई मुझे दिखाई दी जो स्कूल के यूनिफॉर्म का हिस्सा होती है। दूसरा उसका हाथ मदद की दुहाई दे रहा था।
चाचा चौधरी का दिमाग कम्प्यूटर से तेज चलता है।

तो फिर चक दे फट्टे!

कुछ दूर जाने पर...
चाचाजी! भगोड़ी कैब दिखाई दी। जरा स्पीड बढ़ाओ।

साबू! तैयार हो जाओ। हम उनके करीब जा रहे हैं।

यही मौका है।

हू–हूबा!

रेंगो। गाड़ी रोकना नहीं। उसे कुचल दो।

धड़ाक्क!

हमारी वैन ? यह कैसे हो गया ?

क्योंकि साबू की मांसपेशियां ज्यूपिटर में बनी है, जो स्टील से ज्यादा स्ट्रांग है।

लेकिन यह लड़की तो पृथ्वी की है। मैं इसका भेजा उड़ा सकता हूं।
मैं मरना नहीं चाहती

इसकी आज़ादी के बदले में करोड़ों रुपए वसूलूंगा। तुमने हमारी गाड़ी बर्बाद की है। मुझे तुम्हारा ट्रक चाहिए, नहीं तो मैं लड़की को मारने जा रहा हूं

उससे पहले मैं तुम्हारी हड्डियों को ठीकरे बना दूंगा।
रुको, साबू!

लड़की को मारने से तुम्हें करोड़ों का नुकसान होगा, जो तुम्हें इसके बदले में मिलने वाला है।

मुझे ट्रक की चाबी दो।

मैं तुम्हें आगाह करता हूं, तुम क्यों मुसीबत में पड़ना चाहते हो ?
लाल पगड़ी वाला बातों में उलझा रहा है। लड़की को गोली मारो।
प्लीज़ , मुझे बचाओ !

लो, ट्रक की चाबी।

बैठो और रफूचक्कर हो जाओ ।

गर २ २।

बचाओ!
बाऊ ! बाऊ !

McDonald's
बेटी ! आज डगडग को तुम अपनी स्कूल बस समझ लो ।
STORES
BANK
© PRAN'S FEATURES

44

मोती

साबू ! आओ तैरने चलें।

क्यों न पानी के अंदर चलें ?
बेशक। यह अनोखा एडवेंचर रहेगा।

वह समुद्र की गहराई में जा रहे हैं।

यहां विचित्र वातावरण है।

आह ! खूबसूरत सीप !

यह कीमती मोती बीनी अंगूठी में जड़वा लेगी।

ओह ! व्हेल मेरे पीछे आ रही है।

आऊ ! मोती मेरे हाथों से फिसल गया।

और वह बड़ी मछली के मुंह में चला गया।

वह विशाल प्राणी अब हमारा पीछा नहीं कर रही।

साबू ! वह अपने पेट का पानी बाहर छोड़ रही है, जिसके साथ काफी सारे कीमती मोती बाहर निकल रहे हैं । जो उसने निगल रखे थे । उन्हें लपक लो ।

आह ! मैंने बहुत से इकट्ठे कर लिए । इनसे तो ज्वैलरी सेट बन जाएगा ।

साबू ! बेशकीमती मोती लेकर आ रहा है ।

मैं उसकी डेक-चेअर के नीचे छुप जाता हूं । जब वह आराम कर रहा होगा, सारा मोती चुरा लूंगा ।
www.chachachaudhary.com

इन मोतियों को स्टूल पर रखकर आराम कर लेता हूं ।

यहां ये सुरक्षित हैं।

अब मैं लेटकर आराम करता हूं।

कड़ाक कड़ाक!
ओह! डेक-चेअर टूट गई।
आऊ ऊ!

चाची। देखो तुम्हारे लिए असली मोती लाए हैं।
आज तो मैं तुम दोनों को मक्खन डालकर लस्सी पिलाऊंगी।

चाचा चौधरी
और
सुलतान

सूरतगढ़ के सुलतान जर्जर नाथ...
बादशाह ! अब आप बूढ़े हो गए हैं ! आज से गद्दी मैं संभालूंगा.
वज़ीर कालिख़ ! तुम्हारी बातों में गद्दारी की बू आ रही है !

खामोश ! आज से मैं सुलतान हूं।

मेरी रियाआ तुम्हें सबक सिखाएगी।
अब तुम राजा नहीं, सिर्फ एक बंदी हो।

पुराने राजा के वफादारों ! अब मैं तुम सबको ख़त्म करने जा रहा हूं !
रहम !

डिक्टेटर कालिख़ ने दमन शुरू कर दिया।

वज़ीर! ख़ौफ़!
जनता की सारी जमीनें
छीनकर मेरे रिश्तेदारों
के नाम कर दो....

इतने टैक्स लगा दो कि
मेरा ख़ज़ाना भर
जाए।

मेरे ऑर्डर्स
पूरे करो,
जल्दी।
जो आज्ञा,
सुलतान कालिख़।

बाबा ! कालिख़ के जुल्मों को कौन रोक सकता है ?
सुलतान जर्जर का पुराना ख़ास दोस्त चाचा चौधरी ।

नौजवान शेरा चौधरी के घर की ओर चल दिया...
चल बादल !

चाचाजी ! मैं रियासत सूरतगढ़ से आया हूं ।
मेरे मित्र सुलतान जर्जर नाथ कैसे हैं ?

कालिख़ ने उन्हें कैदकर अत्याचार शुरू कर दिया है ।
बरख़ुरदार ! हम वहां शान्ति लाएंगे ।

अब मैं निश्चिंत लौट सकता हूं ।
चल भई , डगडग ! सुलतान को हमारी जरूरत है ।

सत्ता के मद में आदमी अंधा हो जाता है।

ऐ, रुको! अजनबी अंदर नहीं जा सकते।
हम नए सुलतान को मुबारकबाद देने आए हैं।

कालिख के मित्रों का स्वागत है।

धूर्त कालिख! सुलतान को आजाद करो। और जनता को अमन-चैन से जीने दो।

जर्जर के दोस्तों! तुम्हें तो मैं हाथी के पैरों तले कुचलवा दूंगा।

कालिख़ से बगावत करने वालों को कुचल दो !
चिंघाड़

चिंघाड़
पागल बादशाह का पागल हाथी ।

हू-हूबा !!

चल, हट !!

साबू ! जाओ, जर्जर नाथ को कैद से आज़ाद करवाओ ।

सुल्तान यहां कैद हैं। छत तोड़कर जाना होगा।

चाचा चौधरी और साबू भी तुम्हें अब मरने से नहीं बचा सकते।

मेरे रहते तुम राजा को छू भी नहीं सकते।

मुझ पर दया करो। नीचे उतारो।

मैं जालिमों पर रहम नहीं करता।
धड़ाक के !

गड़ाक् के !

तानाशाही का अंत हुआ...

जर्जर नाथ की सत्ता में वापसी ।
चौधरी ! कुछ दिन मेरे साथ बिताओ ।
दोस्त ! हमें इज़ाज़त दो ।

आओ, साबू ! और भी गम है , जमाने में ।

तुम्हारी चाची के हाथों का खाना खाए कई दिन बीत गए हैं .

चाची ! गर्मा-गर्म पराठे मिल जाएं तो मजा आ जाए ।
दोस्त सुलतान ने छप्पन भोग नहीं खिलाए ?

चाचा चौधरी — बिग मैजिक

ए , जी ! मुझे 5,000 /- रुपए चाहिए .
क्या करोगी ?
मुझे पार्लर में जाकर ब्यूटीफुल बनना है।

अपना चेहरा, आंखें, मुंह-हाथ सब सुन्दर करने हैं !
सौन्दर्य के लिए मेकअप की क्या जरूरत है ?

चेहरा सुन्दर दिखने के लिए मुस्कराया करो, फेस क्रीम से ज्यादा ग्लो आएगा।
मुंह को आकर्षक करने के लिए क्या करूं?

अच्छी वाणी बोलो। मिठास है, मुंह की सच्ची सुन्दरता।

हाथों का सौन्दर्य कैसे बढ़ेगा?
अपने हाथों से दान करो। वहीं होगा, तुम्हारे हाथों का असली सौन्दर्य।

मैं भी बड़ी मूर्ख हूं। जिस आदमी का दिमाग कम्प्यूटर से तेज चलता हो।

वह रुपए ना देने के बहानों में तो माहिर होगा ही।
यहां से चलता हूं, वर्ना बीनी मेरा मेकअप बिगाड़ देगी।

साथियों ! आज मैंने चाचा चौधरी को इस दुनिया से चलता करने का फैसला किया है।
बहुत बढ़िया ! चीफ धमाका सिंह !

मिशन पूरा करके जश्न मनाया जाएगा।

वह लाल पगड़ी हमारे अंडर वर्ल्ड के लिए खतरा है।

दुश्मन का घर आ गया।

मैं उसे निपटाकर आता हूं।
रुको ! यह काम मैं अपने शुभ हाथों से करूंगा।

बिना मौका दिए इसे मार डालूंगा।
सट् ट् ट् ट्

चिमटे! काम हो गया, भागो!

अब मैं कहलाऊंगा— सुपर डॉन!
चौधरी को मारने से सारा क्राइम वर्ल्ड तुम्हारा लोहा मानेगा।

मित्रों! मैं दुश्मन को मार कर आया हूं।

आज से मैं, जुर्म की दुनिया का बेताज़ बादशाह— सुपर डॉन धमाका सिंह!
वाह!

इसी खुशी में सबको लड्डू खिलाओ।

लड्डू नहीं, रसगुल्ले! मुझे रसगुल्ले पसंद है।

तुम बच कैसे गए ? यह क्या मैजिक है?

यह है, चाचा चौधरी का बिग मैजिक।

जिस पर तुमने गोलियां बरसाईं, वह तो एक खिलौना था...

एक खिलौना कम्पनी ने बच्चों के मनोरंजन के लिए मेरे टॉयज़ बनाए हैं ।

तुमने जिसे धराशायी किया, वह तो सैम्पल टॉय था ।
मैं वहां चूक गया ।

बॉस ! वह खिलौना था, यह तो रियल है । इसे यहीं शूट कर दो ।

चाचा ! तुम बहुत बोल लिए, अब मेरी स्टेनगन बोलेगी ।

सर राट ट !
तुम्हें प्यार की भाषा समझ नहीं आती?

तूने हमारे चीफ़ पर हमला किया।
राट ट ट!
शाबाश!

मोटे कद्दू! अब मैं तुझे पिचका दूंगा।
कड़ बम म म!
साबू को गुस्सा आता है तो कहीं ज्वालामुखी फटता है।

भागो! साबू सबको मसल देगा।
अरे! मेरा साथ मत छोड़ो।

तुम्हारे लिए मैं अकेला ही बहुत हूं। ए-वन मैन आर्मी!
राट ट ट ट!
अबे, ग्रामोफोन के घिसे रिकॉर्ड, काफ़ी बज लिया।

चल हट, सिर के दर्द!
ध़ड़ाक क!

तुम जुर्म का रास्ता छोड़ो। खिलौना कम्पनी में नौकरी करके मेहनत की रोटी खाओ।

बेस्ट फ्रेंड

चाचाजी! आपके कितने दोस्त हैं?
मेरे तो सभी दोस्त हैं।

तुम्हारी बीनी चाची भी मेरी दोस्त है।

राकेट कुत्ता भी मेरा दोस्त है।

पार्क के पेड़-पौधे, फूल, तितलियां-भंवरे सब मेरे दोस्त हैं।

आपके बेस्ट फ्रेंड कौन हैं?

मेरे दो खास दोस्त हैं, जिन्हें मैं कभी नाराज़ नहीं करता।
कौन?

पहले हैं- भगवान। दूसरा है- मेरा डॉक्टर। भगवान रूठ जाएं तो वह डॉक्टर के पास भेज देते हैं।

डॉक्टर का साथ छूटा तो भगवान की शरण में जाना पड़ता है।

हा! हा!! आप भी गहरे समुद्र से मोती चुनकर लाते हैं।

गुरु का ज्ञान

बीनी ! हटो ! मुझे इन्टरनेट पर ताजा न्यूज़ देखने दो।

देश के हालात देख कर तुम्हारा ब्लड प्रैशर बढ़ जाएगा।

पार्क में जाकर बच्चों को किस्से-कहानियां सुनाओ, तुम्हारा मन शान्त रहेगा। बच्चे भी खुश हो जाएंगे।

मुझे इन्टरनेट पर ऑन लाइन शॉपिंग करनी हैं ।

शुक्र मनाओ कि तुम शादीशुदा नहीं हो ।

चाचाजी ! आज कोई नया किस्सा सुनाएंगे ।
बेशक !

हां, तो बच्चों ! क्या सुनोगे ? कोई चुटकुला था हास्य कहानी ।
चाचाजी ! आपसे एक बात पूछनी है ।

पूछो, रिया बेटी !

आप सबको हंसी-ठिठोली की घटनाएं सुनाते हो, यह आपने कैसे सीखा ?

हमारे स्कूल में एक टीचर कहा करते थे- जो दूसरों को हंसाते हैं, वह स्वर्ग जाते हैं।

उनकी वह बात बचपन से ही मेरे मन में घर कर गई। तब से मैं हंसी बांटता हूं और खुशियां इकट्ठी करता हूं।

अरे, वाह! आपके सर तो बहुत इंटेलिजेंट थे।

गुरु से ही सच्चा ज्ञान मिलता है- जाओ, खेलो - कूदो। खेलने से शरीर और दिमाग का विकास होता है।
हुर्रे! चाचाजी यू आर द बेस्ट।

शाहज़ादी

वाह! मेरे मसलमैन, आज तो ख़ूब जोर लगा रहे हो।
बॉक्सिंग प्रैक्टिस से मेरी बॉडी में चुस्ती आ जाती है।

एक्सरसाइज़ के बाद भूख अच्छी लगती है।
नाश्ता तैयार है।

चाची के हाथ के परांठे और ठंडी लस्सी, सोने पर सुहागा।

ड्राइवर रोको । चौधरी का घर आ गया है ।

चाचा चौधरी ! मैं शहज़ादी ऑफ डिब्रूगढ़ , डोना ।
कहिए , मैं आपके क्या काम आ सकता हूं ?

मुझे आपके साथी साबू से वन साइड लव हो गया है ।

मैं उससे शादी करना चाहती हूं ।
साबू तो अकेला खुश है । वह तो हमेशा कुंवारा ही रहना चाहेगा ।

मुझ जैसी ब्यूटीफुल शहज़ादी का ऑफर वह ठुकरा नहीं सकता ?
यह मेनका कहां से आ गई , मेरी तपस्या भंग करने ?

?!
साबू ! हम दोनों शादी कर लें तो हमारे बच्चे मेरे जैसे खूबसूरत और तुम्हारे जैसे बलवान होंगे.
वाह ! प्रिंसेज़ तो फ्यूचर प्लानिंग भी करके आयी है।

साबू ! मान जाओ , लड़की सुन्दर के साथ समझदार भी है।

चाचाजी ! आपकी बात तो मैं टाल नहीं सकता। मैं शादी तो करूंगा, लेकिन...

सब जानते हैं कि खाना मेरी कमजोरी है, मेरी लाइफ पार्टनर ऐसी हो जो मेरे लिए बढ़िया खाना बना सके।

मैं नहीं चाहता कि मेरी शादी के बाद भी मेरी चाची ही मेरे लिए रोटियां सेंके ?

वाह! मेरे लाड़ले।

हमारे यहां तो किचन बावर्ची ही संभालते हैं।

डोना! मुझे तो पत्नी के हाथों का पका लज़ीज़ खाना पसंद आएगा।

प्यार और जंग जीतने के लिए सब कुछ करना पड़ता है।

माय डियर! मैं तुम्हारी खातिर कुकिंग भी सीख लूंगी। अब तो हमारा रिश्ता पक्का।

लाड़ली राजकुमारी! कहना आसान है, क्या कर सकोगी?
मैं एक जिद्दी शहज़ादी हूं। मेरा कमिटमेंट अटल है।

डोना! साबू एक वक्त में तीस परांठे खाता है। दाल और लस्सी भी।

ओह! यह तो टफ हार्ड वर्क है। चलो, शौफर।

यहां मेरी आधी लाइफ तो किचन में बीत जाएगी।

चाचाजी! वह लौट क्यों गई?
तुम्हारे लिए आटा गूंधने में हर बार उसका फैंसी नेल-आर्ट घिस जाता।

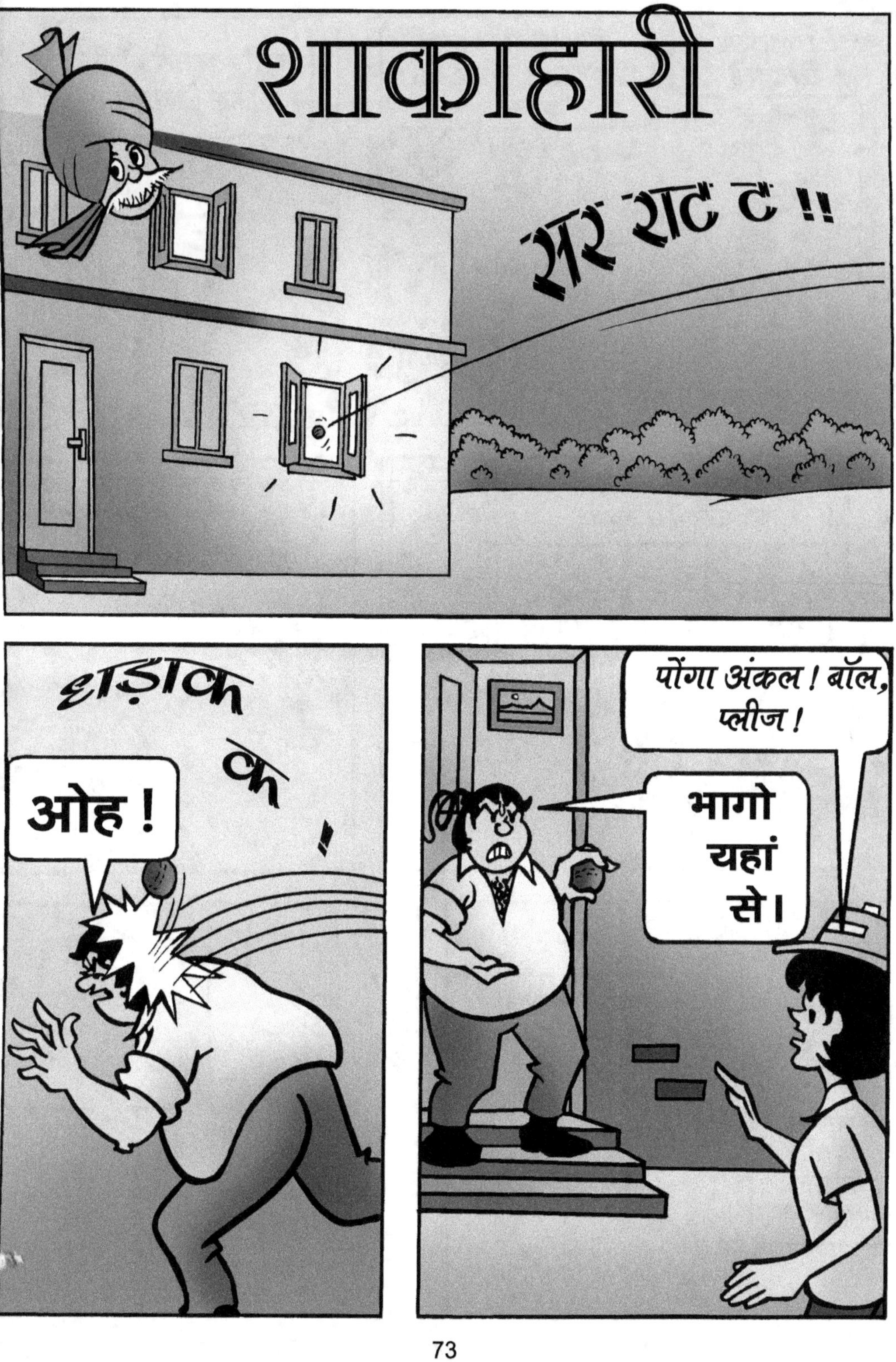

शाकाहारी

बच्चों ! क्या कोई परेशानी है ?
पोंगा पहलवान हमारी क्रिकेट बॉल वापिस नहीं कर रहे।

चलो, तुम्हारी प्रॉब्लम को हल किया जाए।

दुनिया भर की चिन्ता है, अपने घर को छोड़कर।

मेरा तो जन्म ही समाज सेवा के लिए हुआ है।

उन्होंने हमारी बॉल रखकर दरवाजा बंद कर लिया है।
बच्चों ! वह गेंद लौटा देंगे। तुम देखते जाओ।

डिंग ! डांग !!
पोंगा साहब ! दरवाजा खोलिए !

आइए, चौधरी साहब।

तशरीफ रखिए।

स्वादिष्ट पुलाव तैयार है। नोश फरमाइए।
थैंक्स! मैं लंच कर चुका हूं।

अरे, चाचाजी तो खाना खाने बैठ गए? हमें तो बॉल चाहिए।
सब्र रखो। देखो तो सही, आगे क्या होता है?

मैं जानता हूं कि आप एक शाकाहार आदमी हैं।

जार्ज बनार्ड शॉ ने कहा था- हमारा पेट मरे हुए जानवरों को कब्रिस्तान नहीं है। मैं उन्हीं के विचारों से प्रभावित हूं।
बहुत खूब!

मैं पुलाव ढककर आता हूं।

कुछ देर पहले बच्चों की क्रिकेट बॉल आपके पास आयी थी ?
मैं वह गेंद वापिस नहीं दूंगा।

क्या मैं वह बॉल देख सकता हूं ?
लाता हूं, उस गेंद में देखने लायक क्या है?

क्या आप सचमुच शाकाहारी हैं?
मांस खाना तो दूर, मैंने मांस को कभी छुआ भी नहीं है।

चाचा चौधरी तो शाकाहारी-मांसाहारी की चर्चा में लगे हैं।
क्या करने गए थे, कर क्या रहे हैं ?

यह एक लैदर बॉल है।
इससे क्या फर्क पड़ता है ?

यह लैदर बॉल किसी मरे हुए जानवर की खाल से ही बनी होगी?
ओह ! यह तो मैंने सोचा ही नहीं ।

यह मरे हुए पशु का चमड़ मेरे घर से दूर रखो ।
?!

खेलना ही है तो रबड़ बॉल से खेला करो ।

मोन्टू ! गेंद वापस आ गई ।

चाचा चौधरी का जवाब नहीं ।
बच्चों ! गलियों में नहीं, पार्क में खेला करो, वह सेफ होता है ।

बीमार चाचा चौधरी

चाचा चौधरी बीमार है। वह सिटी हॉस्पिटल में एड्‌मिट किया गया है।
यह तो गुड न्यूज़ है।

वाह! हमारा सबसे बड़ा दुश्मन बीमार है।
बीमारी में इंसान कमजोर हो जाता है।

यही मौका है उसे बंदी बना लेते हैं।
आओ, सिटी हॉस्पिटल चलें।

आज वह मात खाएगा।

हमारी कामयाबी पर सारा अंडरवर्ल्ड मुझे लीडर मानेगा।

इस मौके पर जश्न होगा।
बेशक! यह क्राइम वर्ल्ड के लिए खुशी की बात है।

बॉस! अस्पताल आ गया।

हम उसे एकदम दबोच लेंगे।
CITY HOSPITAL

??
डॉक्टर! चौधरी कहां है ?

सामने वाले रूम में।
I.C.U

आओ!
यह मौका जाने ना पाए।

हैंड्स अप!

चाचा चौधरी! धमाका सिंह को पकड़ने का आपका प्लान कामयाब रहा।
POLICE

चाचा चौधरी -सुई धागा
बीनी ! मेरी कमीज के कफ का बटन टूट गया है । उसे स्टिच कर दो ।

सुई नहीं मिल रही, तुम सुई ले आओ ! फिर मैं बटन टांक दूंगी ।

अपने फटे कपड़े को सी लूं ।

उस भिखारी के पास सुई है ।

जरा सुई दोगे ?
SHOES
TV

हे भगवान ! मुझे पता नहीं था कि आर्थिक मंदी इतनी बढ़ जाएगी कि लोग भिखारियों से भीख मांगने लगेंगे।

कहीं और किस्मत आजमानी चाहिए।

चाचाजी ! जल्दी-जल्दी कहां भागे जा रहे हो ?
© PRAN'S FEATURES

बिल्लू ! अपने कफ का बटन टांकने के लिए मैं सुई की तलाश में निकला हूं।

रुकिए ! मैं अंदर से लेकर आता हूं।

लीजिए।

बेवकूफ! यह सुई नहीं पिन है।

सुई न सही। मैं नई शर्ट ले लेता हूं।
शर्ट एक के साथ एक फ्री

मुझे यह पसंद है।
आप पहनकर देख लीजिए।

जनाब, पैसे?
तुमने बोर्ड पर लिखा है- एक के साथ एक फ्री। मैंने फ्री वाली ली है।

बलाका

साबू! बचो!!

तुम साबू को क्यों मारना चाहते थे?हमने तुम्हारा क्या बिगाड़ा है?

मैं राका का चाचा बलाका! तुमने मेरे भतीजे को बहुत सताया है। मैं बदला लेने आया हूं।

साबू! सुपर फास्ट बाउलिंग!
धड़ाक् क!
मैं तुम्हें मारकर दम लूंगा।

कड़ाक् क।
आऊ ऊ ऊ!

मैं तुम्हें मारकर दम लूंगा।

धांय य!

मेरी गन!
अब इसे कोई नहीं छुड़ा सकता।

आर्म रेस खत्म करो।
कड़ाक!

तुमने मेरी गन तोड़ी? मैं तुम्हारा मुंह तोड़ दूंगा।

धड़ाक!

मेरी उंगलियां टूट गईं?
साबू ज्यूपीटर वासी है। इसलिए उसकी हड्डियां स्टील से ज्यादा मजबूत हैं।

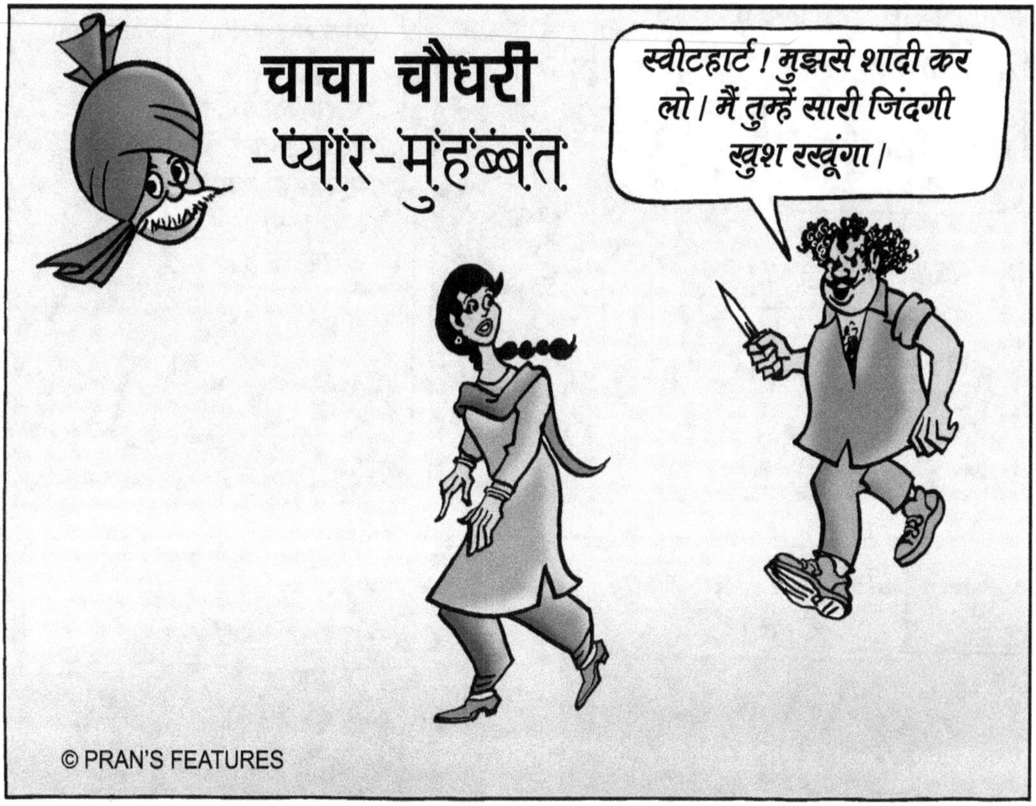

चाचा चौधरी

– प्यार-मुहब्बत

कहां है वह, जो लड़कियों को छेड़ता है ?मैं उसकी हड्डी-पसली तोड़ दूंगा।
साबू! शांत।

अगर तुम गुस्सा करोगे तो ज्वालामुखी फटेगा और आसपास के लोग बेघर हो जाएंगे। इस समस्या से मैं निपटता हूं।

देखो, बेटी! जैसा कहता हूं, वैसा करो...

दूसरे दिन...
अहा, स्वीटहार्ट! आज बिना जवाब दिए जाने नहीं दूंगा।

रूल्दू! मेरे पीछे जो लड़की आ रही है। वह मुझसे ज्यादा खूबसूरत है। तुम उससे शादी क्यों नहीं कर लेते ?
वाओ।

सचमुच वह चांद जैसी है।
जानेमन, मैं तुमसे शादी करना चाहता हूं।

मुझसे पीछे जो लड़की आ रही है, वह फिल्म एक्ट्रेस है। उसके साथ शादी करोगे तो फायदे में रहोगे।

वाह ह ! क्या सुन्दर पैर हैं ?

क्यों लड़कियों के साथ छेड़ख़ानी करते हो ?
मगर उसने तो कहा था कि तुम एक्ट्रेस हो ?

मैं फिल्मों में स्टंट करती हूं।
धड़ाक क !

नहले पर दहला

कर्नल! फौज का कोई किस्सा सुनाईए।

एक बार मैं नए रंगरूटों को ट्रेनिंग दे रहा है।...

एक नए जवान पर मुझे शक हुआ कि वह पहले अपराधी रहा होगा? मेरा शक हकीकत में बदल गया।

जब मैंने देखा कि गोली चलाने के बाद वह जेब से रूमाल निकालता और बंदूक के कुन्दे से अपनी उंगलियों के निशान पौंछने लगता था।

खूब !
© PRAN'S FEATURES

चौधरी! अब आपकी बारी.

एक डिक्टेटर ने अपनी फोटो डाक-टिकटों पर छपवाई।...

कई दिनों बाद उसने अपने सैक्रेटरी से पूछा-क्या वजह है कि लैटर्स पर मेरी फोटो वाली टिकटें नहीं दिखतीं?

क्या अच्छा गोंद नहीं लगाया था ?

सैक्रेटरी ने जवाब दिया- आपकी फोटो वाली तरफ जनता थूक लगाकर टिकट लैटर पर चिपकाती है ।

हा! हा!! यह रहा, नहले पर दहला !

चलता हूं, बीनी मेरा इंतजार कर रही होगी ।

Enter the door 1. Get out of the maze through the door 2.
Closed doors are locked. Good luck to you !
1
2

Word Puzzle

ANEMONE
COD
CORAL REEF
CRAB
DOLPHIN
FISH
FLYING FISH
HALIBUT
HERRING
JELLYFISH
LOBSTER
MORAY EEL
MUSSEL
OCEAN
OCTOPUS

OYSTER
PLANKTON
SALMON
SCUBA DIVING
SEABED
SEAHORSE
SEAWEED
SHARK
SHELL
SQUID
STARFISH
STINGRAY
TURTLE
URCHIN
WHALE

_____ **ROT**

RA _____

CAB _____ **E**

ZUC _____ **I**

TO _____ **O**

S _____ **ACH**

O _____

P _____

MU _____ **D**

_____ **KIN**

PI _____ **PLE**

Fill in the blanks with the words BAG, CAR, CHIN, DISH, EAR, KIN, MAT, NEAP, PIN, PUMP, RANGE, STAR to reveal the names of 11 edible plants (mostly fruits and vegetables).

Find the seven
differences between
the two pictures.

Celebrating !ndia

get inspired by great personalities of India

The Great Indian Biography Series

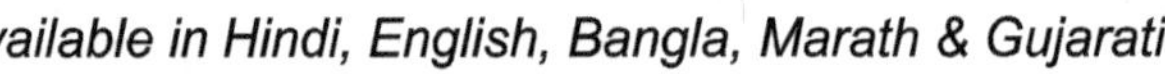

Available in Hindi, English, Bangla, Marath & Gujarati   **Order Now**

X-30, Okhla Industrial Area Phase-II, New Delhi-110020, INDIA
Tel.: 40716600 E-mail: sales@dpb.in, Website: www.dpb.in